L'Enfant et la rivière

FichesdeLecture.com

L'Enfant et la rivière
(Fiche de Lecture)

I. INTRODUCTION

L'Enfant et la rivière est paru en 1945. Dès sa sortie ce roman a connu un grand succès, à son habitude l'auteur immerge le lecteur dans l'univers des enfants.

Il s'agit d'un vieil homme, Pascalet qui se remémore et raconte son enfance. Petit il vivait en Provence dans une maison avec ses parents et sa tante Martine. Comme le titre l'indique, la rivière va jouer un rôle important auprès du jeune garçon, il va découvrir l'amitié, la nature, l'inconnu et la liberté.

II. RÉSUMÉ DU ROMAN

« Or, ceci se passait il y a bien longtemps et maintenant je suis presque un vieil homme. Mais de ma vie, fut-elle longue encore, je n'oublierai ces jours de ma jeunesse où j'ai vécu sur les eaux. Ils sont là, ces beaux jours, dans toute leur fraîcheur. Ce que j'ai vu alors, je le vois encore aujourd'hui, et je redeviens, quand j'y pense, cet enfant que ravit, à son réveil, la beauté du monde des eaux dont il faisait la découverte. »

Pascalet vit une enfance paisible à la campagne, au milieu des champs bordés de cyprès. Le soir, lors de la grande veillée, il écoute les adultes parler de la rivière qui coule non loin de là. Il les entend utiliser les mots « crues » et « courants ». Sa mère lui interdit d'aller près de cette rivière qui contient des : « trous morts où l'on se noie, des serpents parmi les roseaux et des Bohémiens sur les rives ».

Pascalet rêve évidemment de connaître ce lieu magique, il ne peut résister à l'appel de ce cours d'eau auquel il rêve nuit et jour. Son imagination est titillée à chaque fois que le vieux braconnier Bargabot lui rend visite ou apporte du poisson à ses parents.

Un jour, il brave l'interdiction, succombe à la tentation et rejoint la rivière. Il prend une barque et s'y endort puis part à la dérive, l'entraînant sur une île sauvage. La nuit est déjà tombée, il n'est plus possible de rentrer.

Il y rencontre alors d'inquiétants bohémiens qui retiennent prisonnier un jeune garçon, Gatzo. Ils le battent, il le libère puis ils s'enfuient. Les deux garçons se cachant vivant dans une nature sauvage. Ils nouent une amitié profonde et restent dans un bras mort de la rivière. En vivant de façon sauvage en pleine nature, le jeune narrateur réalise son rêve : « *Ce qui attire plus que tout Pascalet, dans ce pays de Provence où il vit, c'est la rivière. Jamais encore il ne l'a vue. Mais souvent il en rêve, surtout lorsque le braconnier Bargabot apporte à la maison les poissons qu'il y a pêchés* ».

Gatzo astucieux et débrouillard apprend à Pascalet à pêcher, allumer un feu, cuire du poisson. Un jour, ils aperçoivent une fillette sur l'autre rive, Hyacinthe. Elle leur dit qu'on les recherche, ce qui fait fuir Gatzo. Les deux amis parviennent tout de même à se retrouver et Gatzo découvre sa véritable identité. Il retrouve son grand-père, marionnettiste dans un théâtre ambulant. Enfin Pascalet et lui décident d'être frères.

III. PRÉSENTATION DES PERSONNAGES

Pascalet

C'est le jeune héros du récit, il vit en Provence dans une maison avec ses parents et sa tante Martine. Le soir, lors de la grande veillée, il écoute les adultes parler de la rivière qui coule non loin de là. Il lui est formelle-ment interdit d'aller près de la rivière, mais un jour alors que ses parents s'absentent, il succombe à la tentation et s'y rend.

Il s'endort dans une barque et dérive jusqu'une île où vivent des bohé-miens, ceux-ci détiennent un petit garçon qu'ils maltraitent. Ce dernier s'échappe avec le jeune narrateur, ils vivent alors cachés dans un bras mort de la rivière, ils pêchent, font du feu… Une amitié profonde naît entre eux.

À la fin lorsqu'ils retournent de l'autre côté, ils décident de devenir frères. Grâce à sa fugue vers la rivière, Pascalet grandit et mûrit au cours du récit, il découvre l'amitié, la nature et la liberté.

Gatzo

C'est un jeune garçon détenu par les bohémiens sur une île. Il est astucieux et débrouillard, il apprend à Pascalet à pêcher, allumer un feu, cuire du poisson. Un jour, ils aperçoivent une fillette sur l'autre rive, Hyacinthe. Elle dit qu'on les recherche, ce qui le fait fuir.

À la fin du récit, il découvre sa véritable identité. Il retrouve son grand-père, marionnettiste dans un théâtre ambulant. Enfin Pascalet et lui décideront d'être frères. Tout comme son ami, il grandit à travers le récit. Grâce à leur amitié, il apprend à faire confiance et à se « sociabiliser ».

Bargabot

C'est le braconnier des rivières, il a plein d'histoires sur cette rivière, il alimente la curiosité de Pascalet lors de ses visites et lorsqu'il donne des poissons à ses parents. Ce personnage fascine le jeune héros, il représente ce qu'il n'a pas, la liberté, de plus il semble très lié à la rivière.

IV. AXES DE LECTURE

L'univers enfantin

Toute l'histoire tourne autour d'une tentation, celle du jeune Pascalet d'aller près de la fameuse rivière. Il imagine ce lieu unique et magique, et ce parce qu'il lui est formellement interdit de s'y rendre. Comme tous les enfants, il est fasciné par ce qui lui est interdit, alors que ses parents sont absents, il en profite pour braver l'interdit et succomber à la tentation.

Sa fugue vers la rivière lui permet de réaliser son rêve et de découvrir le mystère de ce qui l'en empêchait. Il est tenté à plusieurs reprises, et Bargabot, un braconnier, rajoute du sel à son goût d'évasion. Le lieu où se passe l'action est sur une île, il s'y rend sans s'en rendre compte, ce qui correspond au monde de l'enfance, une île perdue où il n'y a que des enfants qui vivent comme ils veulent en pleine nature.

Les personnages du récit sont également propres à l'univers enfantin tels que les bohémiens, ou encore le braconnier qui raconte plein d'histoires à Pascalet. Il y a une opposition entre le monde des adultes pour qui la rivière représente un danger et les enfants pour qui elle est un immense terrain de jeu, de découvertes à la lisière du monde des adultes.

Il s'agit d'ailleurs de Pascalet qui raconte sa jeunesse avec nostalgie et enthousiasme.

L'amitié

Pascalet part découvrir la rivière alors qu'il fuit il ne doute pas encore qu'il va découvrir l'amitié. En arrivant sur l'île, il aperçoit une maison et des hommes qui viennent d'enlever un garçon Gatzo, il se fait fouetter par ces bohémiens.

Pascalet le délivre puis ils prennent une barque pour aller en lieu sûr. Ils vivent comme ils le souhaitent et découvrent la nature, Gatzo apprend à Pascalet à pêcher, allumer un feu, cuire du poisson. Ils vivent plusieurs aventures ensemble, notamment lorsqu'ils pensent apercevoir une âme qui était une femme : « *L'attente fut longue, mais je n'avais pas envie de dormir. Je voulais, moi aussi, même de loin, voir quelque chose. L'âme se manifesta vers minuit. Elle marcha le long du rivage, écarta un buisson et descendit sur la grève. Elle m'y apparut, comme une petite blancheur. Cette blancheur erra un moment, puis s'approcha de l'eau. C'est alors que je perdis la tête. Je détachai la barque du mouillage, et tout doucement, à la perche, je la poussai. Elle m'obéit et se mit à glisser sur l'eau noire. Il fait si nuit, pensai-je, que l'âme ne me verra pas. C'est impossible. Moi, si je l'aperçois, c'est qu'elle est blanche... Malgré cette blancheur, je n'arrivais pas à la distinguer. Avait-elle une forme ? J'avançais cependant vers elle ; mais immobile sur la grève, elle n'était toujours qu'une tache dans l'ombre. Au milieu de cette même ombre, sans doute ne me voyait-elle pas lentement arriver. Soudain, elle poussa un léger cri : je venais de surgir près du rivage.* »

Une amitié extraordinaire se noue entre les jeunes garçons. Ils découvrent en même temps, les abords de la rivière, la vie, la nature et l'amitié. Cette dernière est très importante pour les enfants, surtout qu'ils réalisent le rêve de tout enfant, vivre seul sur une île. Unis à jamais, à la fin ils décident d'être frères.

La nature

La nature est d'abord décrite par le braconnier, puis elle est décrite tout au long du récit. Elle est synonyme de liberté. L'auteur nous décrit une Provence pleine de mystères et d'aventures. Celle où tout enfant rêve de s'y perdre.

Ils vivent comme des Indiens, en harmonie avec la nature. Pascalet apprend à sentir les villages de loin, à trouver les sources, à pêcher. Le narrateur a conscience de ce qu'il vit : « *N'empêche que d'être là à flotter sur ces quatre planches légères, en pleine matinée de soleil et de brise, m'emplissait d'un bonheur vivant, d'un vrai bonheur... J'en avais sur la peau, j'en avais dans la chair, j'en avais dans le sang ; il descendait jusque dans l'âme. Je ne savais pas ce qu'est l'âme. À cet âge-là, on est ignorant. Mais je sentais bien que ma joie de vivre était plus grande que mon corps, et je me disais : « Pascalet, c'est l'ange du Bon Dieu qui remue de plaisir en toi. Traite-le bien »*.

En vivant ainsi, ils oublient la notion de temps et suivent le rythme de la nature : « *Il n'y avait pas de lune, sauf un croissant imperceptible, qui frôlait l'horizon au crépuscule, puis il disparaissait. Nos nuits n'étaient qu'un empire d'étoiles. Il en pendait de tous côtés et l'entrecroisement de leurs branches d'argent étincelait, en haut, sur l'ombre, tandis que, tout autour de nous, leurs milliers de feux purs luisaient sur les eaux immobiles. Nous flottions entre deux cieux calmes, hors du temps et de l'espace...* »

Dans la même collection en numérique

Les Misérables
Le messager d'Athènes
Candide
L'Etranger
Rhinocéros
Antigone
Le père Goriot
La Peste
Balzac et la petite tailleuse chinoise
Le Roi Arthur
L'Avare
Pierre et Jean
L'Homme qui a séduit le soleil
Alcools
L'Affaire Caïus
La gloire de mon père
L'Ordinatueur
Le médecin malgré lui
La rivière à l'envers - Tomek
Le Journal d'Anne Frank
Le monde perdu
Le royaume de Kensuké
Un Sac De Billes
Baby-sitter blues
Le fantôme de maître Guillemin
Trois contes
Kamo, l'agence Babel
Le Garçon en pyjama rayé
Les Contemplations

Escadrille 80

Inconnu à cette adresse

La controverse de Valladolid

Les Vilains petits canards

Une partie de campagne

Cahier d'un retour au pays natal

Dora Bruder

L'Enfant et la rivière

Moderato Cantabile

Alice au pays des merveilles

Le faucon déniché

Une vie

Chronique des Indiens Guayaki

Je voudrais que quelqu'un m'attende quelque part

La nuit de Valognes

Œdipe

Disparition Programmée

Education européenne

L'auberge rouge

L'Illiade

Le voyage de Monsieur Perrichon

Lucrèce Borgia

Paul et Virginie

Ursule Mirouët

Discours sur les fondements de l'inégalité

L'adversaire

La petite Fadette

La prochaine fois

Le blé en herbe

Le Mystère de la Chambre Jaune

Les Hauts des Hurlevent

Les perses

Mondo et autres histoires

Vingt mille lieues sous les mers

99 francs

Arria Marcella

Chante Luna

Emile, ou de l'éducation

Histoires extraordinaires

L'homme invisible

La bibliothécaire

La cicatrice

La croix des pauvres

La fille du capitaine

Le Crime de l'Orient-Express

Le Faucon malté

Le hussard sur le toit

Le Livre dont vous êtes la victime

Les cinq écus de Bretagne

No pasarán, le jeu

Quand j'avais cinq ans je m'ai tué

Si tu veux être mon amie

Tristan et Iseult

Une bouteille dans la mer de Gaza

Cent ans de solitude

Contes à l'envers

Contes et nouvelles en vers

Dalva

Jean de Florette

L'homme qui voulait être heureux

L'île mystérieuse

La Dame aux camélias

La petite sirène

La planète des singes

La Religieuse

À propos de la collection

La série FichesdeLecture.com offre des contenus éducatifs aux étudiants et aux professeurs tels que : des résumés, des analyses littéraires, des questionnaires et des commentaires sur la littérature moderne et classique. Nos documents sont prévus comme des compléments à la lecture des oeuvres originales et aide les étudiants à comprendre la littérature.

Fondé en 2001, notre site FichesdeLectures.com s'est développé très rapidement et propose désormais plus de 2500 documents directement téléchargeables en ligne, devenant ainsi le premier site d'analyses littéraires en ligne de langue française.

FichesdeLecture est partenaire du Ministère de l'Education du Luxembourg depuis 2009.

Plus d'informations sur www.fichesdelecture.com

Notes :